蛹が見る夢

相澤啓三

書肆山田

蛹が見る夢／相澤啓三

書肆山田

——正城に

目次——蛹が見る夢

蛹が見る夢　《二〇一六—二〇一九年》

いまも墜ちつつ

イカロスはいまも墜ちつつ森のしじまにシステム噴水の無限変容

「イカロスがあそこに」ときみも言ふ絵画展見終へて仰ぐ空の一劃

＊

子どもらが叫んで走る週末の草地は寂し鵜の休日《おやすみ》

冬枯れの枝の構へのゆるみきて金目の鴨は雛の日に去れり

＊金目の鴨＝キンクロハジロ

卓上に海図を広げて見入る夢　海恋はぬわれがなぜと思ひつつ

高原の草に遊べるに海が迫り悪意にぬるむ水うすみどり

深き森に青く透き徹るわがヒュッテ　白き背中が入りては消ゆ

向き合ひて誓ひをたてる幾組ものロマンスに風が舌を出す林

運河沿ひの雑魚寝の宿のうすら闇うごめきて若き兵を攫《さら》へり

逃げ場なき夏の光は異界めき異言猛けだけし緑とふ他者

直立に値ひせぬ時到りなば地よすみやかに人を抱くべし

落合弘樹著『秩禄処分——明治維新と武家の解体』を読む

母が負ひしその祖父の恥辱重ければ明治は遠くなりやうもなし

山梨県歌人協会「相澤俊子研究会（三枝浩樹氏主宰二〇一六年七月三一日）。俊子の歌集は『露ある道』『露ある道以後』

露しげき母の晩年を言ひ淀むわれもまつはりし道のいらくさ

東京六本木・国立新美術館に「ヴェネツィア・ルネサンスの巨匠たち」展を見る

巨匠展に色疲れして紅茶喫す向かひの林は蟬の声一色

このあたり旧・竜土町にあつたウエザヒル出版社の背後のメレディス・
ウェザビー邸は都下豊多摩の古民家を移築したもので、千里庵と号した

天翔る竜土町淡く影を落としゆるやかに下る坂のみうつつ

今も著《しる》し千里庵の床のいしがはら　モンテスキウ・スゴンザック語りし人ら

ウェザビー氏のパートナーだつた写真家矢頭保は毎日早暁、
氏のシュナウザー種の愛犬三郎を散歩させるのを日課とした

友が犬の三郎と散歩せし路地が賑ふ通りと化《な》りて惑はす

一時映画俳優だつた矢頭保の写真集に寄せて

アウトロウの部類演じつつ男らの肌の優しさを友は見知りしか

そしてローマで見て回つたカラヴァッジョの画とその人を思ふ

あらくれの所業けはしく生死《しやうじ》して光優しき静けさを描けり

花咲ける若者たちの六四年　リズムはわれの体軀に刻む

幻を見し人々の葬送を八〇年代をすりぬけし者がなす

その界隈偲びて茶卓にひとりごつをきみが動画に収めて居たり

なぜとなくテラスに夕風立つままにふたりが居りしといつか思はむ

乱世の構へ

頭《づ》を低く従ひゆかな森の底へ招くがベニバナイチヤクソウならば

非常線かと見誤りてなほ背筋伸ぶ乱世の構へといふほどでなく

ただ未熟ゆゑ見えざりし裏切りが裏のドラマのわがラ・ボエーム

友を見舞ふ　二首

ベッドにある友を見舞へば眩しかり熟していろつぽい男になりゐて

看病する肉親が彼にあるを知る半世紀余の交友の末

歩の運びつかへながらも痛みなきリアルのうちにあるをいとしむ

もとのやうに新しき犬が添ひて行く盲目の散歩者をそつと見送る

やつと長き歩行訓練のご褒美に坂の上の向う淡き新月

ふたたび友を見舞ふ　二首

長病みの肌をかげらす友は今も不羈の青年の貌持《かほ》ちこたふ

病態の定まらぬまま病むといへどすがしく老いの孤独を纏ふ

六本木・サントリー美術館で鈴木其一「朝顔図屏風」を見る

金泥の虚空に時代の身悶えが朝顔の青をかりてどよめく

覚えのなき記憶の迷路に朽ちし小屋震へて開くごとし帰郷は

古き街よ焦土の郷里　みな人の賞める夜景にわれが見る闇

三たび友を見舞ふ

病ひよりの帰還は高く翔ぶ鳥の澄みわたる視座を彼が負ふべく

摩天街にユリカモメ白く群れ飛べり神田川はるかさかのぼりきて

畝雲のうねのはざまに淡き青　及ばざるものは忘られてゐよ

屋根裏のイオリアンハープさなりして人のあらざる気《け》にもおびゆる

いつとなく欅黄葉の影長くフーガ主題は不意に涌き出づ

赤と金の荘厳きはまる静けさに林は秘儀の聖所を現はす

何事もなきかに黄葉の木々は立ち掻き乱されし者葬らる

閑雅空間

不整脈のため東京西新宿・東京医大病院に緊急入院。心房粗動にカテーテル・アブレーションの処置を受ける（二〇一七年）

一月一一日

甥の子より若き医師団に心臓の長き横文字の処置を委ねる

泌尿器科は陰なりしかど循環器は患者ナースともどことなく陽

心電図モニター装着

廊下電話を夜半叱られて息急《せ》けば心電図監視のナースがきたる

一月一二日

前夜よりの思ひ煩ひはきみがきて数分のうちに軽き話題に

マウスピース噛まされ頭蓋固定せらる格闘技者と見えつつはたと

水底《みなぞこ》のヴァージニア・ウルフは流れ寄るオフィリアの髪をそつとかい撫づ

ああつひにウーズ河畔に佇ちえたる　醒め際《ぎは》にして木々のたゆたひ

麻酔時の涙をナースは拭きながら「ヴァージニアつて何の応援でした？」

一月一三日　発熱、インフルエンザ陽性、当日の施術を延期して隔離

手術延期インフル隔離個室へと流さるるままの余生をなぞる

一月一四日『閑雅空間』といふ歌集があつたが

音楽と読書の閑雅空間へ隔離病室をきみはしつらふ

一月一五日　心不全のおそれのため安静

手術まで熱の収まるを待ち居れば静かなり「終りの始まり」の今

一月一六日　安静つづく

疎開せし山里へ行かん道はまたもよぢれ崩れて夢に窮せり

路線バスの無心の窓に描くべき風景が呼ぶ「ここがそこだ」と

一月一七日

ミニ・グリーンをほどよき場所に置けるのみ　きみは病室を生命に向かはす

ちぎれ雲は高層の背後にしのび入りやをら白龍となりて這ひ出づ

空の色の淡きうつろひを見て過ごす病者にはすべてが空のはるけさ

一月一八日

じわじわとビルにビルの影這ひのぼりローズピンクの微熱の時間

憤り論鋒鋭きデスク居て若かりしかな六〇年安保

記者のほか四つの顔の生ありとうそぶきしその未熟さ苦し

ほのかにか党派の悔いをふとそそるイヴ・モンタンの「桜んぼの実る頃《ル・タン・デ・スリーズ》」

いぢらしききみがたのもしく成り変はれるあの山のことあの谷のこと

あとに残る日々かいま見えん独り居のきみの横顔を思ひ描けず

一月一九日

違和いくつかありてそのつど思ひなしき生の内実を老いが殺ぎゆくと

ただ無心にピアノの音をつづるうちにいつか存在の寂しさ宿る

シューベルトの後期ピアノ曲

不可能の愛と逃亡があこがれをとぼとぼと行くさすらひに変ふ

一月二〇日

手術前の処置のひとつに除毛すれば思春期前の肌いたいたし

一月二一日　カテーテル・アブレーション
さながら実験動物の四肢緊縛・全裸のわれのなるがままになれ

点滴・導尿管装着・両脚固定で七時間絶対安静、男性ナース付き
カテーテル挿入口閉鎖跡の定時観察ごとペニスも見らる

術後息の苦しさが晴れて宙を見つ生き苦しさの手術などなきや

一月二二日

息を吸へば全身に酸素ゆきわたるその普通さを今は愛しめ

歌友浅野光一兄が見舞ひに来訪

つい先頃見舞ひし友が見舞ひ給ひ一つのことを語り憂へり

一月二三日

「ついて来い」と言ひしは遠くひよろひよろと退院手続きのきみに従ふ

マロニエの神保町

ウォッチャーに教へらるるままに見回せばそこここの枝にアトリは来居り

生命は無数のリズムを集約し秩序への志向が時を奏でしむ

脛に深きスキー事故の傷刳《えぐ》れしが肉落ちしのちその痕も落つ

スピードとリズム自在にあやつりし八方尾根の隈々の感触

貸しスキーに身体をのせて発ちしとき内なる解放が走り出しにき

大きな弧描きつつウナ・セラ・ディ・東京歌ひし自由からだの自由

氷河滑降了へて気負ひのゆるぶ尾根　ものみな復活祭のやはらぎ

しゆるしゆると滑り抜けたる橅林のはるけしすでに若からざりし

滑降コースの難所手前の裸木はヤマボウシなどの花をつけしや

あれほどに熱く待たれし花便りの遅るるを淡く聞き流し居り

快感の強度が鈍くなりてより快の期待も弾まうとせず

五分咲きの花見帰りに笑ひつつ追分だんごの行列につく

アルバムにきみは不順の花よりもだんごの年と録するだらう

訪ひえざればかへつてしるく花の森花の堤はそこらに顕てり

培ひてきみと枝交はす習慣がいつか寄るべき幹として立つ

夕河原で寮歌教へし黒マントの先輩の顔も名も覚えをらず

ごろた石に座る距離もて十七歳《じふしち》が十九歳《じふく》の愛の悶え計りき

ワルキューレのごとく女ら闘争へひるむ男をかりたてるあり

ミサイルの標的となる首都にありて余所事談義のトークヴァラエティ

妄執を受け継ぐ者が不用意の人らを過去へやらはんとする

人死なす銃剣術と皇軍に死なむ誓ひが前途閉ざしき

年取るにつれ樹木は強しとふ説　よろけしときのなぐさめにする

マロニエの花咲く街に来合はせて訪ふべき人も酒房もあらず

マロニエの神保町は若やげど路地に半世紀前の影伸びる

ひとり行く水源林の谷をめぐり石楠花の花呼び交はし居き

花花がほの暖くいざなへどアズマシャクナゲは頬に冷たし

わが内なる匂ひのパンテオン潰《つひ》え去り花はわれの外に見るものとなれり

あこがれの傷

東京・西新宿

バス停の名のみに残る清水橋　くらき地中の清水川越ゆ

東京・中野駅北口商店街

ライヴ了へて東アジア的路地を行ききみとべたべたのモッツァレラ料理

壁に依りてローラースケートの少年を見し幼き日と見る老いの日と

遠く遠く走り去りゆく影を追ふあこがれの傷は根深く疼く

四月独逸の森に花筵敷けるかに白く二輪草咲きし黒姫

這ひのぼる羽衣ジャスミン流れくだる木香薔薇のありてバルコン

矢川澄子を忘れないために　五首

野兎は甘茶畑の畝の間を「またすぐ来るわよ」と跳びはね行けり

ルバーブのジャム食ぶるたびルバーブの葉蔭に会ひし野兎思ほゆ

「奥にきつと扉がある」と向う見ずの少女アリスはそこの鏡へ

抜け穴を綴《スペル》りのうちに見つければかの耳聡き少女に会はむ

二輪草咲き敷く野辺の川を越えその一茎を摘みて帰れよ

岡山市邑久郷の直江真砂さんに

センダンの明るく寂しき花蔭の道に若やぎて人の顕ちくる

直江博史・原田力男両兄とも鬼籍に入った

野点《のだて》して吉備の国原めぐりにしただ一夏の思ひにあらず

センダンの花咲く木陰に率て行かせ母は子の知らぬ思ひに沈みき

「この花が好きだつたの」と耳しひし老母は内緒のわけ言はざりし

甲斐の地には珍らしき花を愛づと言ひし母も奥知れぬ女人のひとり

花の頃になりて驚くセンダンの失せし道際のむごき空白

テナントが入れ替り花の木は切られ道行く者がいたく傷付く

木のいのちわれより長しと思ふものをたやすく若き木々が先立つ

七十年はまやかしの希望の投影か　消えれば下地どこも地獄図

残虐と愚行繰り返す文明のサイクル見よと長寿が迫る

メヘナム・プレスラーの弾くシューベルト

夭き死を透かし見るごとき寂しさを老いしピアニストは啓きつつ閉づ

同じくモーツァルト「ロンド」イ短調

かなしみはいつなぐさめになりかはる放心の果てへ思ひは来り去る

旅人かへらず

腋窩にグリエール・チーズ薫りたち弄《まさぐ》り舐《ねぶ》る者あらざれば熟れつ

ワイングラス棚より落とし砕けちる繚乱の隅々に眼が凍りつく

セロ弾きは恍惚の相あられもなく肉深く頷くものこそが精神

広告の「おいしい部屋」に誘はれておいしい借り手何人消ゆる

どれほどに愛されたいと思へども「愛されたい」と男は言はず

東京レインボープライド・パレード二〇一七　四首

とりわけて明るきシデの新樹下に立てば虹色の子らが集ひ来《く》

「ヘイト・グループの挑発にのるな」のメッセージ若葉広場の風に伝はる

変り者を許さぬムラの健在を東京だから言挙げできる

「故郷を帰れるところに」のプラカード　われもひととき難民なりき

金子國義（愛称ねこ）の急逝を四谷シモンと悼む

若きがまま寝て覚めざりしねこの死を恋ふがに言へり美に恋ひし子が

旧制静岡高校一学年終了後文科甲類の同級生川崎寿彦・野口英史両君と下田・伊豆大島旅行　回想四首

港みなとに沖泊りして下田まで行きし三人《みたり》の二人とうに亡し

死の島へ――南へ向ふ船旅に読みしガルシンはそののち読まず

三原山の死の影につきしわれのみが生きたかりけむ友におくるる

青春の死より生へとゆりもどす旅に購ひし『旅人かへらず』

近付きてはまた遠ざかり限りなく青年に甘し死へのたゆたひ

ひとり来し尾根径のわれが光輪をまとひて深き谷より呼びき

幾年をへても啓示はわれを打つ扉峠のブロッケンの怪

長谷川伸著『相楽総三とその同志』を読む

次々に事に巻きこまれ刑場に就きし若者の名を追ひて読む

赤報隊同志神田湊こと浅井才二はわが母の祖
父・甲府勤番士浅井才兵衛の弟に他ならない

さと躍りこみてはしらとたちかへる苦しもわれが受け継ぎし性《さが》

忌はしく忘れむとすれど繰りかへし一つの青春の歌よみがへる

若きいのち相互に逝かしめし衝迫は何ぞ　口笛は行進曲に消ゆ

家が消え交通絶えし暗き道に行先はどこと迷ひに迷ふ

五十年前住みゐし家に住む夢のわが境遇はどこかちぐはぐ

宴会場にエレベーターが開くありてめざせば組版現場に至る

あれこれと夢のちぎれをすげてみれど眠りの戻り口さがしあぐねる

脱線を重ねる思惟が楽曲の終りにふはと宙吊りとなる

卵焼く油の小さき火傷痕治つてはつき日々は過ぎゆく

リドの渚

そむけ合ふ顔の間にエメラルド　意味は魚のやうに寄り来る

孤児あまた蝙蝠のごと吊られ居むミゼリコルディアのマントの内側

戦士らは秘儀伝授の少年として仕へし戦士を終生慕ひし

ミステリアスな青年なりしにめぐりあひて雄のオーラさえなきをわびしむ

ある日次の約束をせずに去らしめし者が記憶の崖に呼ぶ声

北上が南下に紛ふ半島にかなしき師弟の碑《いしぶみ》建てり

祭りのときまた来むと言ひし高山にまがひの兄として立ちしや彼は

はねつけし庇護はかれには何でありし　さかしまにわれが皮剝ぎの罰

用もなき男の乳首が生きることの官能性の合鍵なせり

つつましくちくびと呼ばれ渇きつつつねに世界へ開きし蕾

いとし子の眠りをねむるやすらぎにわれの胸板は応へてゐるや

白樺の林間に　回想五首

単独行終へて秋づく白樺の林間に涌き出す温泉《ゆ》に漬かる

力込めて足をのばせば湯の川に白き湯の花のごときが噴き出づ

禁欲ののちの清めは快感の奥深き戸をずいと押したれ

草の間のせせらぎは性器祝《ほが》ひつつ大いなるものと交らはせたり

高原の午後立つ風に真裸の男の皮膚はおのづといきづく

ある夏、中井英夫に伴はれ浅間山麓星野の葛原妙子山荘に滞在

酢・塩・外科医ら不安空間に聖化され屋外ボンベは如何と問ひし人はも

またの夏、ローラースケート場からの帰途、養鱒場への裏道を行くと葛原山荘あたりの崖下にヒョウタンボクが猛毒の実をつけていた

人喰鬼の両眼のごとき朱実ありて魚群に眼の異変あらじこの午後

朴が葉を落とすしじまに胡桃の実つぶらなる星野ほの明かる見ゆ

その後、幾度か須永朝彦と東京・山王の葛原邸を訪問

怪鳥《けてう》婆娑と玉座を祓ひターバンの葛原妙子ほほゑみたまふ

ある週刊誌編集部の代理で故葛原妙子の遺影借用のため夫君輝氏を訪れ、その篤実なる人柄を知る

鬼のごとく詠まれし夫君は妻の世界知らざる困惑をつつまず言へりき

日々白き薔薇は壮麗に咲きつげど影なる女王は階上に病み居き

*白き薔薇＝つるフラウ・カール・ドルシュキ（英名スノー・クイーン）

悲しみの影、偽教皇と並び立ちし幻術の庭がアスフォデルの野に

パンを焼く下拵へもいとはざる端役らも知らぬ物語を生きし

パリ盆地より南へ越ゆる枯れ山に銀のやどりぎはガリアを語る

スキーコース計画地登り来て仰ぐ霧氷の木々にやどりぎ映えにき

朝止みし新雪の森に陽は燦とよみがへり来るしるし示せり

ロッシーニの間奏そつくりのにはか雨にバロック列柱廊でピッツァ食ぶ

アクワツォーネあつと来り去る雨宿り　回廊の美をたつぷり見さす

屋上に髪を陽に晒す美女あらば船はキプロスを指して出で行け

死の舟をサンミケーレへと見送りし人散ればそこはカナレットの画

路地小路の闇に谺する靴音にアッシェンバッハのも入り交り居む

夏の夜のリドの渚に呼ばはるは十六歳のわれにあらずや
その肉が誘ひし男のオルギアの贄として殉ず聖ジョルジュ・ドン

谷のはるばる

祭司王屠られざりしかば子の王は鉦を叩きて一世贖ひにけむ

全天に白き閃光降りそそぐ夜は終末のごと美しかりき

隣の市いま壊滅せんと震へつつやましくもここは無事と安んじし

少年工がプラント用の竹刈る上を圧して過ぎし巨大機編隊

五月空を覆ふＢ29の壮観を丘より見上げさむざむと居き

なんのための理解ともしれぬ探求のいくつかがあり外《そ》れてはもどる

幻想の飛翔あらばこその残日月　無に冒されて色なく歪む

連子《れんじ》窓より漏るる灯まぶしき恵比須講の人出にわれを負ひしは誰ぞ

柳絮《りうじよ》飛ぶ春ものがなし額縁のガラス曇りて父祖の肖像

雪ばんばいづくともなく舞ひきたり忘却を分けて谷のはるばる

わが甥・有賀不二男が営むアルガベリーファームでの出来事　二首

葡萄の木は野のけものらに荒らされて善き園丁を裁き手となす

怒りから底なく暗き眼に変る捕はれて死を待つ小動物は

病む猫が終日見てゐし山手通り歩行難渋のわれが見飽かず

昼寝するわれの足首を枕とし眠れる猫の写真は泣かゆ

ジョン・ブラッドショー著『猫的感覚』を読みて

その病態長く見過ごせしわが罪過　猫と一度きりの共生で負へり

たましひの柔き猫は柔肌の巨人の愛を受けて慕ひき

おのが猫は愛情深く賢しと言ひ募る痴愚をわれは笑はず

生涯の不思議と思ふ　その猫ときみひとりへの無条件の愛

きはだちてこれこのことばと耀《て》るありてそのあたり見ればそのことば消ゆ

出版人上野武兄の労をねぎらつて

都びとはまづ御挨拶に祇園町のつけを回しきあづまの冠者《くわざ》に

空間の湾曲について学ぶとき股袋の膨隆を語らしむるな

生えそめし恥毛見詰めあふ二少年の清しき画にてそこばく切なし

ひとりの食調へ終へれば食欲失せミス・マープルとお茶を楽しむ

ともすれば食べあますわれの衰へのなきがにきみの夕餉ゆたけし

餐卓にワインが少しあればたりひけらかさざれば薀蓄《うんちく》も問はれず

ピュアモルト呑みくらべあふかたはらに純下戸のさまにわれが控へる

デカンタの美酒尽きむとき味深く四苦嘗《な》むる果て四苦うまからん

よろめけるわれを支へし青年の腕の感触が胸をさわがす

あはれつぽく物乞ふ顔をしたるべし席につきながら自嘲の熱し

米寿とてチャップリン歩きのわれのためきみが祝ひの「チャップリンの杖」

「ステッキのチャップリン」は東京・西新宿
ヒルトンホテル地下街のステッキ専門店

老いづきてきみの言ふままに振舞へば人は和みてわれに対へり

曠野かと密集住宅を見するまで月見丘《つきみがおか》に月冴えわたる

スーパームーン

スーパームーン真向ひに浮かぶ道の端に居《ゐ》竦《すく》みしとき凶鳥《まがどり》翔《た》てり

七彩の翼を閉ぢし厳粛の時の眸は向く方《かた》がたにあり

カルヴァリオに比すれば何のこともなしと息苦しさをよそに何日

苦しみを訴ふれば母のわづらひと少年は黒きどろどろに堪へにき

＊

急性心不全・肺水腫のため東京医大病院に緊急入院

「緊迫感お持ちでないが」と医師は言ひ検査進めつつパイプにつなぐ

控室にきみが二時間待つうちにアットミチガエルスガタニナッタ

集中治療室

セロリセリ、タララタラ……絶え間なく子を呼ぶ声と夜は長長し

雪の舞ふ大晦日《おほつごもり》の検査室に運ばれてゆく廊の静まり

おせち調理、 新年会は取りやめと潔くきみはひとり居に処す

入院中のわが分担家事も手際よくこなしてきみはりりしくあらむ

エンジンを壊し漂ふ船のごとくいかなる波にいつまで堪ふる

午後に微熱あやしく出でて病院は魔の山となりつつあるらし

木々の間に心むなしく歩を運ぶ春夏秋にまた遭はしめよ

きみとある生なればもつと執着すべきかとこまごま世話を受けつつ思ふ

きみと居る日々貴しと省みればただいきいきときみはありへつ

あからさまに愛を性へと読み替へる演出オペラ見て楽しまず

いまもなほ批評の筆をとりて居らば古きユマニスムとさげすまるべし

あかね空を紫紺に限る連嶺の尾根を行きにし憂ひなき日々

名も親し遠山並の起き伏しは背きては恋ひしふるさとを隔つ

夕空の黒ずみゆくを怯えつつ見るにはや巨怪なる黒、超高層

胸底の深き淀みゆ噴き出だす忘れられたる何かの嗚咽

ベルリンでベルリン・フィルを聴きしとふ一人のありてナースら親し

やくたいなきふるきことどもを語り居ぬふるきことのみがなまなまありて

命朽つる日まで老母はベッドにて歌材とならむ古きを問ひにき

おのが胸を「これぞ垂乳根」と嗤ひしは母がまだ四十代の頃ならむ

逆運に抗して子らに厳しかりし母への愛憎に子らは苦しみき

ひびの入る器引きとるごとくにかきみは住まひを整ふといふ

星が眼に宿る表現さながらにかの日より思慕が愛憐に応へにき

よしあしを一瞬に見分け聴き分ける好みの一致がありて安らぐ

ゆるがざる庇護への感謝をきみは言へど狷介のわれをきみが護れり

医師団の退院の挨拶受けるわれは命拾ひせし者のごとしも

新しき日のさし入りてわれを迎ふきみの喜びは部屋部屋に充つ

＊

いつかきみが歌ふ The Nearness of You《「あなたがそばに居ること」》 は相拠る椅子をむなしく揺らす

＊The Nearness of You はホーギー・カーマイケル作曲のジャズ・バラード

青春の断念

次姉内田弥栄、肺がんで死去　六首

闇に喘ぐ夜汽車のパトスよみがへる　姉を弔はんと発つターミナル

嫁ぐ前に泣いて語りしことなどは二度と触れざりし姉のそののち

「あたしには居場所がない」と言ひし姉はたれもが安らぐ場所となりにき

牧師館の女主人として慕はるる姉の人生を空想せしことも

青春の断念を深く内に沈めさりげなく人を支へし世代

語らひて見えざりし閲歴あらはさる追慕は新たな命のはじまり

ポール・メイソン著『ポストキャピタリズム』を読む

移行期の混迷のうちに去る者に気休めの方舟《はこぶね》さへも見当たらず

追ひつかれるまでは戯れを尽くさうかこの一筋と力むことなく

生涯を誓ひしときに先に朽ちる苦さ罪深さ思はざりけり

太き幹をたのみて息を継ぐ蔭に柔き茎《くく》立ちをわがことと見つ

谷《やつ》の奥はゆかしかれども三椏《みつまた》の咲く垣を見て坂下り来し

つつましき記憶の共同体あればそこに永遠はゆるぎなく顕つ

散歩する日課散漫になればそれカントの惨たる終章思へ

まとひつく鬱に抗してさらに暗くホテルの部屋で聴くアマリア・ロドリゲス

たどり着くまでに破れん怖れから喘ぐがごとし花咲く彼方

花から花へ杖にすがつてゆくときに二足歩行とは難儀な技能

花の下にもの食ふ場所をさがし歩くきみに幼な児のきみが重なる

東京レインボープライド・パレード二〇一八

白髪の杖引く者が居ることも虹のともがきの役割のひとつ

折りたたみ椅子に倚り居て手を振ればこれから生きん者たちの笑顔

それぞれの物語重く彼ら行きかろやかにそよげよ若葉このときばかり

朝鮮戦争終結宣言を取引きのカードとする動向に

おろそかに取引きを言ふ者は知れその戦争にゐぐられし生を

得し自由はかりそめと消え軍国の再現を死より怖れき

大洪水の前に死なんと決めてより平静に聴く洛東江攻防

赤羽へ廃戦車運搬車列　白き花越しに邪視たれと見し

喬木に花薫る五月　その名ヒトツバタゴと知らず学生のデモ

学業を奪はれし年月悔ましく大学図書館の階段そそりたつ

ゼミ半ば思惟に沈みて黙したる森有正を危ぶみ畏れし

プロヴァンスの詩法になづむ青年に幽けかりしかな玉葉風雅

ねぢ伏せられし違和なまなまとギリシア語の単位もこれ限りと思ひにき

その日より肉の紋章かくれなき異類は同じ匂ひ嗅ぎ分く

戦争と学制変革の谷に落ちてつひに陽のささざりし一世代

戦争なき未来むなしく奪はれし朝鮮戦争世代言ふ者もなし

石の声

夕照のグラウンドにきみを見失ふ夢はふたりを同級生にして

告白と知りつつ論を外らせたる漱石の『心』に夕影のびゐき

肩に手を置く卒業記念のツーショット　友情とよぶ多重恋愛

公園の丘の眺望は喚び起こす若き日われもファブリス・デル・ドンゴ

欲望の欠けては赤も黒もなし生くべく墜ちよ偽ジュリアン・ソレル

さと触れし花びらの惨苦知らざれば百合の谷間は去りて忘らる

未亡人とふ妄想の鳥の巣に少年はリアルの卵を割りき

「あいつ医療ミスで死んだぞ」と伝へらるる友ははにかむ少年として顕つ

独文科卒が何の役にもたたざりし彼に忘れえぬ『トニオ・クレーゲル』

まぶしげに口を噤める癖が彼の芽吹かざる詩の韻律なりし

ガーデニアの匂ひ甘きに息を呑む南国は目瞑りて溶けあふところ

ふたたびの青春をわれに約束し北方のエルムは枝さしのべき

やがて見出さるる時はピンク色のしるし付されんと流刑に堪へし

薄緑の海をオコックと呼びし人が濃《こ》緑のルパシカで語りし植民

もう二度と会ふこともなき人立ちしポプラのわた毛とぶ小樽駅

美しき異郷危ふし裏切りと恥なきごとき時の封蝋

むきだしに北太平洋はひろがれり花過ぎし原野わびしみ来れば

堪へに堪へて岬の端を吹き越える風は小さき悲傷にかかはらず

彫刻家流政之氏の逝去を遅れて知る

石刻の磨き残されしひとところ黝《かぐろ》き他者はこごしく顕てり

＊流さんは一九六〇―七〇年代、旧竜土町のメレディス・ウェザビー邸を東京における拠点とし、その広間に新作をしばらく置いておくのを習ひとし、私がその石の肌に触れるのを許し、その感触を口に出すのを聴いて喜ばれた

ある夏、カメラマン矢頭保と高松市郊外庵治の流政之工房に招かれて滞在

石の声のポリフォニーなすほの明かり石の胎のうちに時はゆるめり

米国ニューヨーク市マンハッタン、世界貿易センターのツインタワーの間に設置された彫刻「雲の砦」はゼロ戦パイロットだつた流政之による日米双方の航空戦戦死者への鎮魂と平和への希求をこめて制作された黒い讃岐石の巨大なオブジェだつた

空に散りし者への鎮魂の碑《いしぶみ》に人ら生きながら降りそそぎたり

砂袋のごとくに人ら落ちきたりあはれその音砂と変はらず

血と瓦礫にまみれて消えしモニュメント　鎮魂は幾重にも血塗らるるもの

危機の時に最低の道をとりて転ぶ誤ちがいま繰り返へさるる

高齢者がいつしか左翼に押しやられ末期高齢のわれはも如何

大いなるパンタレイのうちの微細なるパンタレイにしていのちはよぎる

星系の秩序織りなす重力に理解及ばざれどまた読みふける

草木が水を吸ひ上げえずに萎ゆるやうわれは何を拒まれてか屈む

遭難者を荼毘に付しにし岩棚に立つごと激しき思ひ吹きあぐ

摩天街の建築ユニットばらけ落つと見えても語らじカッサンドラが徒は

ＩＴに肉が明け渡していつか来るすべての喜びが苦痛となる日

わが旅行帽

狭霧立つ夏の終りに気配して過ぎ行きし者の親しき夕べ

はるけくも見えつつ道は入り違ひ流謫の薔薇を訪はばあやかし

意味不通の二三語により弾みつつ会話はわれを置きて流るる

サワグルミの花穂が涼しき簾なす池のほとりも去年かぎりに

橋の名を里程標のやう覚えゐし神田川沿ひの時どきの花

ハンガリーを見はるかしつつ去りがたく思ふも一瞬の点滅にして

ルーヴルにもペールラシェーズにも行かずゴーゴーに狂ひし始めてのパリ

氷河圏より押し下る川の疾きこと北のザルツァハ南のアディジェ

シエラネバダを中空に仰ぐ海峡にわが旅行帽は泛かびて去りぬ

青霞む空に浮かべる白き山は神話世界の春に誘ふ

ジブラルタルの岩遠からず振り向けばアフリカの岸ま近に迫る

見えぬ手が引き入るるごとくアフリカの地はゆるやかに水にまじはる

われによりてきみは何を得なにを失へるタイムズ・スクエア足早に行く

食細くなりてもきみが幾皿も工夫する料理見るを楽しむ

軟口蓋のナの音をなすあたりから苦味甘味があやふやになれり

診察を待つ間くらきへ傾くを常のままなるきみに救はる

主人公の心臓発作で映画終りきみは無言でＤＶＤを閉づ
＊ケン・ローチ監督の映画「わたし、ダニエル・ブレイク」

餐卓に天使がよぎり「きみひとりになつたときには」の一句呑みこむ

また森に行き着く前に追ひつかれん黒きタイツの脚の長きに

つと切羽詰まれる声できみが呼び「ここに居るよ」と今は言ひぬが

月明かりのブッダガヤの里に入りしときどの大樹下にも仏陀は坐せり

前正覚山へ河原越えつつ夜半に見し波立ち流れゐしはまぼろしと知る

暁闇の気は心身を透かし菩提樹にひたとぬかづきためらひなかりき

サモサ食べんと炎天のガヤーよぎりつつ焦土彷徨の飢渇思ひき

頼るべき何物もなき炎昼の道に行きなづみにき　われの原点

野のまなか非情の連山に相対し少年は知らず実存たりき

ひび割れし畑のへりに忘られて亜麻のはかなき淡青の花

窟内の黒光りする石の座の修行者の眼でわれをかへりみき

詩人なほいますがごとく人らはべるシャンティニケタン顕ちてほの白

アシュラムをロールスロイスで遊行せるグルの眼光は初学者を射き

ある暁、ラージャガハ霊鷲山にて

紫の靄立つうちに場違ひの「日はガンジスから《ジャ・イル・ソーレ・ダル・ガンジェ》」の歌涌き出でし

慈悲の風そよと立つ朝　老いの苦の極まる者に樹の告げしこと

老と病負ひて沙羅樹へと焦るわれに誦じ伝《そらん》ふべきことばはありや

この愛と綺語に執して背くともむさぼることはせじと誓ひし

サーラの木の香りのうちの終りなき語らひとしていつとなく終れ

三帰依唱ほとばしり出て昧爽の浄き菩提樹にまたぬかづかしめよ

この夕映え

誰とも知らず見知りし人らたれも居らぬわれもまれとなれるオペラの初日

ブルックナーのスケルツォ楽章耳につき歩廊を市松と見立てスキップせんか

ベルばら風白きスーツの老紳士人わけてくればシモンなりけり

拠点いまだ多からざれど「お久しぶりィ」と言ひ交はすところ頴つコミュニティ

フランコ・ファジョーリ・カウンターテナー・コンサート「ヘンデル名曲アリア」

さつき胸がかきむしられしを総立ちの拍手のうちに歓喜が癒す

子雀はちちと飛びたち道端に落ちて転がる春の日溜り

雀にも心不全ありや散歩途上眼前を落ちしを掌に乗す

死を視野に記憶が細部をアップして雀の孤独な終末などを

屈託なく足を交差させてスマホする青年の背後　事は終れり

爽かに目覚めて手足をのばすことありしや捕はれの少年の日より

日向臭きわが幼年の木の獄舎　置き捨てられし足踏みオルガン

校庭と田野限りしバビロンのポプラはいづこその学校も

金縁の眼鏡の母に背を向けて「おいでおいで」のはるかなる声

うとましと母はますます思はんと手のかかる子が泣きつつ思ひき

母の気を引かうとするを見透かされさらに遠ざかる子と母ありき

死は呼びてもかたく閉ざせる壁と知る妹の枕辺のわれの九歳

方程式、文語文法、周期表　知の喜びのわが一二歳

禁じられても少年が触りたかつた整理箱入り鉱物標本

マッターホーンの裾で拾ひし白き石書庫崩落の日に失はれたり

氷河擦痕と勝手にきめたる疵の石　谷川岳より得しもまぎれし

ふるさとの宝飾店とふ場所消えて水晶洞へいつ入りゆきし

晶洞にしのび入りなば炎立《ほむらだ》つ宝石《いし》の蜥蜴の捕囚とならむ

緑は闇になじみやすければかはたれにさまよふ者へ異界を啓く

雪面に虹の柱たち回転《めぐ》りゆき黝《かぐろ》き背景《ホリゾント》ありてわれあり

敗戦後、山梨県旧境川村藤岱に疎開していた初秋の頃

思ひ詰めて小黒坂まで歩けどもその人を訪はず母は帰りし

地主屋敷裏手の高き塀の外うずくまり居し母とその子と

復員を待つ共感が罹災者の物乞ひにまぎれむことを母は恥ぢけむ

死に近き眠りより醒め蛇笏さんの文字をただしつつも語らざりにき

語らうとして黙せし母の悲しみを知る手だてなきわれもさあらん

信は長兄にありと突き放せし末子の冷たさは贖ひがたし

杖を立ててベンチに倚れば万象《ばんしやう》の合奏を聴く姿勢かこれは

夕映えを讃へ安けく眠らんと定めしはこの夕映えであれ

＊松田幸雄詩集『夕映えを讃えよ』

*

蛹が見る夢もしあらば身のうちの風が吹き荒らすバベルの廃墟

総歌数　三八四首

相澤啓三

一九二九年、甲府市生まれ。

詩集
『狂気の処女の唄』（一九六一年・昭森社）
『北方』（一九六二年・昭森社）
『声の森・氷の肋』（一九六三年・昭森社）
『肉の鋏』（一九六六年・昭森社）
『裸のままの十の詩その他の詩』（一九六九年・昭森社）
『墜ちよ少年』（右記の五詩集に未刊詩篇を加えた綜合詩集／一九七四年・深夜叢書社）
『ミス・プリーのとろけもの園遊会』（戯詩集／一九七四年・深夜叢書社）
『眼の殃』（一九七五年・昭森社）
『罪の変奏』（一九八一年・昭森社）
『沈黙の音楽』（一九九〇年・深夜叢書社）
『五月の笹が峰』（二〇〇〇年・書肆山田）

『孔雀荘の出来事』（二〇〇二年・書肆山田）
『マンゴー幻想』（二〇〇四年・書肆山田／第三五回高見順賞受賞）
『交換』（二〇〇六年・書肆山田）
『冬至の薔薇』（二〇一〇年・書肆山田）

歌集
『風の仕事』（二〇〇三年・書肆山田）
『光源なき灯台』（二〇一二年・書肆山田）
『音叉の森』（二〇一六年・書肆山田）

詩画集
『魔王連禱』（版画・横尾龍彦／一九七五年・深夜叢書社＋西澤書店）
『悪徳の暹羅雙生児もしくは柱とその崩壊』（版画・建石修志／一九七六年・沖積舎）

旅行記（共著）
『仏陀の旅』（写真・福田徳郎／一九八一年・朝日新聞社）

音楽評論

『猫のための音楽』（一九七八年・第三文明社）
『そして音楽の船に』（一九九〇年・新書館）
『音楽という戯れ』（一九九一年・三一書房）
『オペラの快楽』（一九九二年・ＪＩＣＣ出版局／一九九五年・洋泉社／増補改訂文庫版上下二巻本二〇〇八年・宝島社）
『オペラ・アリア・ブック』全四巻（一九九二年・新書館）
『オペラ知ったかぶり』（一九九六年・洋泉社）
『オペラ・オペラ・オペラ！——天井桟敷のファンからの』（一九九九年・洋泉社）
『オペラ・アリア・ベスト一〇一』（『オペラ・アリア・ブック』増補一巻本／二〇〇〇年・新書館）

蛹が見る夢＊著者相澤啓三＊発行二〇一九年六月三〇日初版第一刷＊装画建石修志＊発行者鈴木一民＊発行所書肆山田東京都豊島区南池袋二―八―五―三〇一電話〇三―三九八八―七四六七＊組版中島浩印刷精密印刷石塚印刷製本日進堂製本＊ＩＳＢＮ九七八―四―八七九九五―九八八―一